Stadt - Land - Abenteuer

Lektüren für Jugendliche
A1

Schlaflos in der Großstadt
Auf Tour in Berlin

von Arwen Schnack

Ernst Klett Sprachen
Stuttgart

Du möchtest die Audiodateien und weitere Extras laden?

Gehe auf www.klett-sprachen.de
Gib dann den Code in das Suchfenster ein: **xbcz4nc**

Die Daten kannst du auch mit der Klett-Augmented-App
(www.klett-sprachen.de/augmented) laden und verwenden.

Hier Code eingeben

| Klett-Augmented-App kostenlos downloaden und öffnen | Seite mit **diesem Symbol** scannen | Medien laden, direkt nutzen oder speichern |

Apple und das Apple-Logo sind Marken der Apple Inc., die in den USA und weiteren Ländern eingetragen sind. App Store ist eine Dienstleistungsmarke der Apple Inc. | Google Play und das Google Play-Logo sind Marken der Google Inc.

1. Auflage 1 ⁵ ⁴ ³ ² | 2027 26 25 24 23

Alle Drucke dieser Auflage sind unverändert und können im Unterricht nebeneinander verwendet werden.
Die letzte Zahl bezeichnet das Jahr des Druckes. Das Werk und seine Teile sind urheberrechtlich geschützt. Jede Nutzung in anderen als den gesetzlich zugelassenen Fällen bedarf der vorherigen schriftlichen Einwilligung des Verlages.

Autorin: Arwen Schnack

Redaktion: Claudia Weichselfelder
Reihenkonzept: Benjamin Linhart
Layoutkonzeption: Sabine Kaufmann
Illustrationen: Matthias Pflügner, Berlin
Tonregie und Schnitt: Gunther Pagel, Top 10 Tonstudio, Viernheim
Sprecher: Christian Birko-Flemming
Gestaltung und Satz: DOPPELPUNKT, Stuttgart
Umschlaggestaltung: Sabine Kaufmann
Druck und Bindung: Plump Druck & Medien GmbH, Rheinbreitbach

Printed in Germany

ISBN 978-3-12-674050-0

Inhalt

Entdeckertouren   4
Landkarte   6
Berlin   7
Die Personen   8

1 „Wir brauchen einen Plan!"   10
   Du bist dran!   16
   Veranstaltungen in Berlin   17

2 „Kommt, wir steigen aus!"   18
   Du bist dran!   24
   Berlin-Mitte   25

3 „Boah, ist das voll hier!"   26
   Du bist dran!   32
   Die Berliner Mauer   33

4 „Hallo! Kommt rein!"   34
   Du bist dran!   40
   Die Stadt und ihre Viertel   41

5 „Das war eine coole Nacht!"   42
   Du bist dran!   46
   Wohnen in Berlin   47

Entdeckertouren

- Mache nach jedem Kapitel eine digitale Entdeckertour.
- Scanne die Seite mit dem großen Scan-Symbol mit deinem Smartphone oder Tablet.
- Starte die Entdeckertour.
- Lerne an jeder Station die Region besser kennen.
- Kommst du ans Ziel?

Berlin

Land:	Deutschland
Bundesland:	Berlin
Einwohner:	3,7 Millionen

Berlin ...

- ● ist die Hauptstadt von Deutschland.
- ● hat viele Sehenswürdigkeiten. In Europa ist Berlin nach London und Paris die Nummer drei im Tourismus.
- ● hat viele Clubs und Partys. Menschen aus der ganzen Welt kommen nach Berlin. Sie wollen dort feiern.
- ● war von 1949 bis 1990 in zwei Teile geteilt: Ost-Berlin und West-Berlin. Von 1961 bis 1989 gab es die Berliner Mauer. Sie ging durch die ganze Stadt. Man konnte nicht von Ost-Berlin nach West-Berlin gehen oder von West-Berlin nach Ost-Berlin.
- ● ist sehr international. Circa 35 % von den Einwohnerinnen und Einwohnern kommen aus einem anderen Land oder haben Familie in einem anderen Land.

Brandenburg an der Havel ...

- ● hat etwa 72 000 Einwohnerinnen und Einwohner.
- ● ist etwa 80 Kilometer von Berlin entfernt und ist im Bundesland Brandenburg.
- ● liegt an dem Fluss Havel.

Sibel ist 17 Jahre alt. Sie spielt Basketball im Schulteam. Sie hat Verwandte und Freunde in Berlin und kennt die Stadt sehr gut. Vielleicht hört sie nächstes Jahr mit der Schule auf[1].

Minh

Sibel

Minh kann sehr gut zeichnen und er fotografiert gern. Vielleicht macht er nächstes Jahr eine Ausbildung[2]. Seine Familie hat schon in Vietnam, in den USA und in England gewohnt.

[1] **etwas aufhören**: etwas nicht mehr machen
[2] **eine Ausbildung machen**: einen Beruf lernen

Die Personen

Aline

Abdiqani

Aline ist 15 Jahre alt. Sie wohnt mit ihrer Mutter und ihrer kleinen Schwester zusammen in Brandenburg an der Havel. Sie liest gern und fährt gern Fahrrad. Und sie mag Tiere.

Abdiqani spielt Schach und Tischtennis. Er hat drei Schwestern. Seine Eltern kommen aus Somalia. Er geht gern zur Schule und möchte später studieren.

die Lichtinstallation

langweilig

den Daumen hochstrecken

Kapitel 1

das Licht

lächeln

das Kunstwerk

die Schulter

zeichnen

„Wir brauchen einen Plan!"

Es ist Freitagnachmittag. Minh, Abdiqani und Aline sitzen
im Park. Sibel geht hin und her. Sie sitzt nicht gern.
Sie sagt: „Leute, wir haben Ferien³! Zwei Wochen lang keine
Schule! Was machen wir mit der Zeit? Hier ist es
langweilig!"   5
„Das ist richtig", sagt Minh. „Wir brauchen einen Plan! Wir
wollen ja nicht zwei Wochen lang nur hier sitzen."
„Also ...", sagt Sibel. „Ich habe schon eine Idee."
Die anderen lachen.
„Natürlich, Sibel, das wissen wir", sagt Aline. „Erzähl!"   10

Sibel sieht den anderen in die Augen. „Habt ihr schon mal
eine Nacht durchgemacht?", fragt sie.
„Was heißt das: eine Nacht durchmachen?", fragt Minh.

● ● ●

³ **die Ferien**: In dieser Zeit hat man keine Schule.

„Man schläft die ganze Nacht nicht bis zum nächsten
Morgen um sechs Uhr", erklärt Sibel.
„Wird man dabei nicht total[4] müde?" Abdiqani findet die
Idee nicht so gut.
5 „Man muss etwas Interessantes machen. Party in Berlin
zum Beispiel. Tanzen. Spielen. Irgendetwas[5]", antwortet
Sibel.
„Party in Berlin? Bis zum nächsten Morgen? Das erlauben[6]
meine Eltern nicht! Nie!" Abdiqani ist gegen den Plan.

10 Die Freunde sind einen Moment ruhig. Aline und Minh
finden Sibels Idee gut. Sie waren noch nie nachts[7] in Berlin
und sie haben noch nie eine Nacht durchgemacht. Aber
auch ihre Eltern erlauben keine langen Partys in Berlin.
Die Freunde sind noch nicht 18 Jahre alt.

15 Dann sagt Aline: „Was ist mit dem Festival of Lights? Das ist
dieses Wochenende. Das erlauben unsere Eltern bestimmt[8].
Es geht ja um Kunst und es sind viele Familien und Leute
mit Kindern da. Das ist bestimmt kein Problem. Am Ende
fahren wir mit dem letzten Zug zurück. Und die letzten
20 Stunden bleiben wir bei einem von uns zu Hause."

„Ja!", sagt Minh. „Das ist ein guter Plan! Das Festival of
Lights ist toll! Es gibt Lichtinstallationen in der ganzen
Stadt. Ich habe es letztes Jahr schon einmal gesehen.

● ● ●

[4] **total:** sehr
[5] **irgendetwas:** etwas, egal was
[6] **etwas erlauben:** mit etwas einverstanden sein; zu etwas Ja sagen
[7] **nachts:** in der Nacht
[8] **bestimmt:** hier: Man glaubt, es ist so.

An den Häusern, auf den Straßen und in Parks sind
Kunstwerke aus Licht. Sie sind von Künstlerinnen und
Künstlern aus der ganzen Welt. Man kann einfach durch
die Straßen gehen und sieht alles. Es ist draußen[9] und
kostet nichts."

Abdiqani findet die Idee jetzt ein bisschen besser.
Er sagt: „Das Festival of Lights finde ich auch interessant.
Ich habe gehört, es ist sehr schön. Und ich war noch nie da.
Aber meine Eltern ... Vielleicht können wir uns danach bei
mir treffen. Dann wissen meine Eltern: Wir machen keinen
Quatsch[10] und es geht uns gut. Aber wir müssen genau
sagen, wann wir kommen. Und zu dieser Zeit müssen wir
wirklich zu Hause sein. Das müsst ihr mir versprechen[11]!"
„Klar!", sagt Sibel. „Versprochen!"
„Gut. Dann sehe ich mal, wann der letzte Zug kommt."

„Such eine Fahrt ab der Station[12] *Warschauer Straße*",
sagt Sibel. „Da sind immer die besten Partys. Wir können
am Ende zu dieser Station gehen. Dann fahren wir zum
Berliner Hauptbahnhof und von dort zurück nach Hause."
„Wir müssen die S-Bahn um 23:13 Uhr nehmen. Der letzte
Zug am Samstagabend fährt am Berliner Hauptbahnhof
um 23:41 Uhr und ist um 00:40 Uhr am Bahnhof in
Brandenburg an der Havel", sagt Abdiqani. „00:40 Uhr! So
spät war ich noch nie zu Hause."

● ● ●

[9] **draußen**: nicht in einem Haus
[10] **der Quatsch:** der Nonsens; etwas Verrücktes
[11] **etwas versprechen:** Sagen, man macht etwas. Das muss man dann
machen.
[12] **die Station:** die Haltestelle

„Das ist kein Problem! Wir sind vier Leute", sagt Aline und
legt Abdiqani die Hand auf die Schulter.

Abdiqani telefoniert. Er spricht Somali. Die anderen drei
verstehen das Gespräch deshalb nicht. Am Anfang klingt[13]
das Telefonat nicht so positiv. Abdiqani spricht schnell.
Dann macht er eine Zeit lang nur: „Hm. Mhm. Hm."
Dann spricht er wieder mehr. Er lächelt und sieht zu den
Freunden. Am Ende streckt er den Daumen hoch. Er sagt
noch ein paar Worte und legt auf[14].
Abdiqani strahlt[15]: „Das passt! Wir können zu mir gehen!"

●●●
[13] **klingen:** sich anhören; scheinen
[14] **auflegen:** ein Gespräch am Telefon beenden
[15] **strahlen:** hier: ein sehr glückliches Gesicht machen; froh aussehen

„Wir bleiben aber wirklich bis sechs Uhr wach[16]! Ihr dürft nicht vor sechs Uhr schlafen! Sonst habt ihr verloren[17]!", sagt Sibel. Sie nimmt Spiele sehr ernst[18].
Minh sieht müde aus und sagt: „Wisst ihr, was ganz schlimm[19] ist? Die Zeit zwischen zwei und fünf Uhr. Ich kann manchmal nachts nicht schlafen. Dann zeichne ich. Aber von zwei bis fünf Uhr kann ich nicht zeichnen. Auch nicht, wenn ich nicht schlafen kann. Diese Zeit mag ich gar nicht."

Sibel möchte nicht über das Schlimme sprechen. Die Nacht soll lustig werden.
Sie sagt: „Wir sind nicht allein in einem dunklen[20] Zimmer. Wir sind alle zusammen. Und wir lernen Abdiqanis Familie kennen. Das wird total nett und lustig."
„Und davor sehen wir das Festival oft Lights! Und Berlin bei Nacht! Das wird schön! Da wollen wir bestimmt gar nicht schlafen", sagt Aline.
Sie freut sich auf den nächsten Tag.

„Leute, es wird langsam kalt", sagt Minh. „Wollen wir nach Hause gehen? Wir sehen uns morgen um sieben Uhr am Bahnhof."
„Ja, ich muss auch nach Hause", sagt Abdiqani.
„Nehmt morgen eine warme Jacke mit!", sagt Aline.
„Und schlaft am Nachmittag! Dann seid ihr am Abend nicht so müde", sagt Sibel.

● ● ●

[16] **wach**: wenn man nicht schläft
[17] **verlieren**: nicht gewinnen
[18] **etwas ernst nehmen**: keinen Spaß mit etwas machen
[19] **schlimm**: schlecht; nicht gut
[20] **dunkel**: ohne Licht

Du bist dran!

A Was passt zusammen? Verbinde.

1. Minh

2. Sibel

3. Abdiqani

4. Aline

a) will mit den Freunden die Nacht durchmachen.

b) möchte später mit den Freunden zu ihm nach Hause gehen.

c) will zum Festival of Lights gehen.

d) kann manchmal nachts schlecht schlafen.

B Schreib die Uhrzeit in Zahlen.

1. Der Zug nach Berlin fährt in Brandenburg an der Havel um neunzehn Uhr zwanzig. → _19:20_ Uhr

2. Der Zug ist um zwanzig Uhr sieben in Berlin.
   → _____ Uhr

3. Die vier Freunde nehmen die S-Bahn an der Station *Warschauer Straße* um dreiundzwanzig Uhr dreizehn.
   → _____ Uhr

4. Um dreiundzwanzig Uhr einundvierzig fährt der Zug zurück nach Brandenburg. → _____ Uhr

5. Um null Uhr vierzig ist der letzte Zug wieder in Brandenburg an der Havel. → _____ Uhr

6. Am nächsten Tag steht Aline um dreizehn Uhr achtunddreißig auf. → _____ Uhr

Berlinale Palast

THEATER AM POTSDAMER PLATZ

das Polizeiauto

das Feuerwer[k]

die Baustelle

Kapitel 2

der Parkplatz

der Vogel

Geld spare[n]

das Brandenburger Tor

der Frisör / die Frisöri[n]

„Kommt, wir steigen aus!"

Die vier Freunde sitzen im Zug nach Berlin. Die Fahrt
dauert fast eine Stunde. Der Zug fährt von *Brandenburg
Hauptbahnhof* nach *Götz*, dann nach *Potsdam*. Dann kommt
Berlin-Wannsee und zum Schluss kommt *Berlin Zoologischer
Garten*. Draußen ist es schon dunkel.

„Fahren mit dem Zug ist so langweilig!", sagt Sibel.
„Ja", sagt Minh. „Nächstes Jahr wollen wir eine Ausbildung
machen. Dann müssen wir bestimmt jeden Tag von
Brandenburg nach Berlin fahren. In Brandenburg gibt es
nicht viele Ausbildungsplätze[21]. Da finden wir nichts."
„Stimmt", sagt Sibel. „Aber ich ziehe[22] dann nach Berlin."
„Das ist teuer", sagt Minh. „Wie sollen wir billige
Wohnungen finden? In der Ausbildung bekommt man
wenig Geld."
„Keine Ahnung"[23], sagt Sibel. „Aber ich fahre nicht jeden
Tag zwei Stunden lang Zug. Und ich gehe auch nicht weiter
zur Schule."
„Leute, für das Thema habt ihr noch so viel Zeit", sagt Aline.
„Heute sind Ferien und wir machen Party in Berlin. Also,
Schluss mit Schule und Arbeit!"
„Das ist richtig", sagt Sibel. „Und da ist auch schon der
Zoologische Garten. Kommt, wir steigen aus!"

● ● ●

[21] **der Ausbildungsplatz:** Da kann man eine Ausbildung machen.
[22] **in eine andere Stadt ziehen:** in eine andere Stadt gehen und dort
wohnen
[23] **„Keine Ahnung!":** „Das weiß ich nicht."

19

An der Station *Zoologischer Garten* steigen die vier Freunde
um[24]. Sie nehmen die U-Bahn zum *Potsdamer Platz*. Dort
gibt es eine große Lichtinstallation. Das Brandenburger Tor
leuchtet[25] in vielen Farben.

5 Die Farben werden zu Wasser. Aus dem Wasser wachsen[26]
Bäume. Über die Bäume fliegen Vögel. Dann wird alles
dunkel. Ein neues Bild entsteht[27].
Dazu spielt Musik. Die vier Freunde stehen etwa 15
Minuten dort. Dann gehen sie weiter.

10 Mit der S-Bahn fahren sie zum *Nordbahnhof* und steigen
dort in die M10. Das ist die Party-Straßenbahn. Aber um
diese Uhrzeit ist es noch ruhig. Man hört zuerst ein „Ding-
Ding" und dann die Namen von den Haltestellen:

● ● ●

[24] **umsteigen:** von einem Zug in einen anderen Zug gehen
[25] **leuchten:** Licht geben
[26] **wachsen:** größer werden
[27] **entstehen:** werden

"Gedenkstätte Berliner Mauer – Bernauer Straße – Wolliner Straße – Friedrich-Ludwig-Jahn-Sportpark"
Häuser, Parkplätze, Baustellen, Bäume und kleine Gärten.
"Eberswalder Straße – Husemannstraße"
Zwischen den Häusern sind jetzt mehr Läden, Cafés, Frisöre, Restaurants.
"Arnswalder Platz – Kniprodestraße / Danziger Straße"
„Hier müssen wir raus", sagt Sibel.

Auf den Straßen sind viele Leute. Plötzlich[28] stehen die Freunde vor einem großen Haus. Es leuchtet in vielen Farben. Sehr schnell ist diese Lichtinstallation, fast wie ein Feuerwerk. Auch hier spielt Musik.

Nach einiger Zeit gehen sie weiter. Überall stehen, sitzen und gehen Menschen. Man hört Lachen, Musik und Stimmen in vielen Sprachen. In einem Park sitzen Familien. Sie grillen. Jugendliche und Kinder spielen. Hinter dem Park stehen große, alte Häuser. Die sind etwa 100 Jahre alt. Eine große Baustelle. Die Straßen sind breit in Berlin. Überall fahren Fahrräder zwischen den Autos.
„Dieses Stadtviertel[29] gefällt mir total gut", sagt Aline.
„Das ist Friedrichshain", sagt Sibel.

„Hört mal", sagt Minh. „Da machen Leute Musik. Wollen wir dorthin gehen?"
Sie gehen in die Rigaer Straße. Die Musik wird laut. Dann sehen sie eine kleine Band. Sie spielt an der Straße. Daneben tanzen Leute.

● ● ●

[28] **plötzlich:** auf einmal; von einer Minute auf die andere
[29] **das Stadtviertel:** ein bestimmter Teil von einer Stadt; kurz: das Viertel

„Die kenne ich!", ruft[30] Sibel und zeigt auf eine junge Frau.
Sie tanzt mit den anderen zusammen. „Das ist Lisa, eine
Freundin von meiner Schwester!"

Sibel geht durch die Leute und dann zu Lisa.
5 „Hey, Lisa!", ruft sie.
„Hey Sibel, was machst du denn hier?", fragt Lisa.
„Wir haben uns ja lange nicht gesehen."
Sibel antwortet: „Ich bin mit meinen Freunden hier. Wir
haben Ferien."
10 „Dann kommt und tanzt mit!", sagt Lisa.

Nach einiger Zeit sagt Lisa: „Puh, ich muss eine Pause
machen."
Die Freunde setzen sich mit Lisa an die Straße.

● ● ●
[30] **rufen:** etwas laut sagen

„Wohnst du hier?", will Minh wissen.

„Ja", sagt Lisa, „in einer WG[31] dort."

„Wie ist es denn in einer WG? Gefällt es dir?", fragt Minh.

„Mir gefällt es sehr gut. Meine Mitbewohnerinnen und
Mitbewohner[32] sind total nett. Wir sind wie Freunde oder   5
fast wie eine Familie. Aber das ist nicht immer so. Manche
Leute wollen nur Geld sparen. Deshalb wohnen sie in einer
WG. Eine Wohnung in Berlin ist sehr teuer."

Minh sieht die Leute auf der Straße tanzen und sagt: „Ich
glaube, für mich ist eine WG perfekt. Da ist man nicht allein.   10
Aber es gibt auch keine Eltern. Die fragen immer: ‚Was
machst du?' oder ‚Wann kommst du nach Hause?' Das
nervt[33]."

Minh will Lisa noch mehr über WGs und Wohnungen
fragen, aber da kommt ein Polizeiauto.   15

„Nicht schon wieder[34]!", sagt Lisa ruhig.

„Schon wieder? Was meinst du damit?", fragt Abdiqani.

Und Lisa sagt: „Bestimmt haben die Nachbarn die Polizei
angerufen. Die Musik ist ein bisschen laut. Ihr geht jetzt
vielleicht lieber. Besucht uns doch bald mal wieder!"   20

●●●

[31] **die WG (Wohngemeinschaft):** Diese Gruppe wohnt zusammen in einer
Wohnung.

[32] **der Mitbewohner / die Mitbewohnerin:** Mit dieser Person wohnt man
in einer WG.

[33] **„Das nervt.":** etwas blöd finden

[34] **schon wieder:** noch einmal

Du bist dran!

Was ist richtig? Kreuze an.

1. Wie lange dauert die Fahrt von Brandenburg nach Berlin?
   - ☐ a) Ein bisschen mehr als eine halbe Stunde
   - ☐ b) Fast 60 Minuten
   - ☐ c) Zwei Stunden

2. Was wollen Minh und Sibel nächstes Jahr machen?
   - ☐ a) Mit der Schule aufhören und eine Ausbildung machen
   - ☐ b) In Berlin zur Schule gehen
   - ☐ c) An einer Universität in Berlin studieren

3. Wohin gehen die Freunde in Berlin zuerst?
   - ☐ a) Sie gehen in das Stadtviertel Friedrichshain.
   - ☐ b) Sie gehen zu Lisa.
   - ☐ c) Sie gehen zum Brandenburger Tor.

4. Was ist die M10?
   - ☐ a) Das ist ein Club. Da kann man nachts tanzen.
   - ☐ b) Das ist eine Straßenbahn in Berlin.
   - ☐ c) Das ist eine Lichtinstallation beim Festival of Lights.

5. Wo wohnt Lisa?
   - ☐ a) Bei ihren Eltern
   - ☐ b) In einer Wohnung am Hauptbahnhof
   - ☐ c) In einer WG in der Rigaer Straße

Lösungen: 1. b; 2. a; 3. c; 4. b; 5. c

Berlin-Mitte

die Brücke

die Ros[e]

singen

Kapitel 3

sich spiege[ln]

die Spraydose

weinen

die Mauer

die Kreuzun[g]

„Boah, ist das voll hier!"

Die Freunde gehen weiter in Richtung Süden. Es gibt viele
kleine Restaurants und Kneipen[35]. Überall sitzen und
stehen Leute. Es wird laut. Dann kommt eine Brücke. Die
Freunde sehen nach unten: Dort sind die Gleise.

Auf der Brücke ist Party: Leute singen und tanzen, lachen   5
und rufen. Es ist sehr laut. Da geht eine Frau mit rosa
Haaren. Ein Mann mit einem rosa Kleid. Eine Gruppe singt
sehr laut. Ein junger Mann macht ein Video von sich und
spricht in die Kamera: „Wir sind hier auf der berühmten[36]
Warschauer Brücke, auf der Party-Brücke in Berlin, …"   10

● ● ●

[35] **die Kneipe:** die Bar; An diesem Ort trinkt man etwas.
[36] **berühmt:** sehr bekannt; hier: Sehr viele Leute kennen diese Brücke.

Ein Mann schenkt einer Frau eine Rose. Zwei Freundinnen: Die eine weint, die andere tröstet[37] sie. Man hört Englisch, Spanisch, Türkisch und Russisch. Eine große Gruppe tanzt zusammen. Polizisten und Polizistinnen. Flaschen. Musik.

5 „Boah, ist das voll hier!", sagt Abdiqani. „Ich habe Hunger. Ihr auch?"
Sie kaufen Pommes und Limonade. Dann stehen sie auf der Brücke, essen, trinken und sehen die vielen Leute.

„Brauchst du die Flasche noch?" Eine ältere Frau steht vor
10 Aline. Aline hat ihre Limonade schon getrunken.
„Nein, bitte", sagt Aline und gibt ihr die Flasche.
Die Frau nimmt sie und geht weiter. Bald kann Aline sie zwischen den Leuten nicht mehr sehen.
„Aline, sei nicht so traurig. Das ist auch ein Job", sagt Sibel.
15 „Ja, aber sie ist schon so alt. Sie soll einfach ihre Rente[38] bekommen und keine Pfandflaschen[39] suchen müssen …
Und wir machen hier Party."

„Sagt mal, ist die East Side Gallery nicht hier in der Nähe[40]?", fragt Aline. „Die habe ich noch nie gesehen."
20 „Was? Die kennst du nicht? Dann lasst uns hingehen. Es ist nicht weit von hier", sagt Sibel.

● ● ●

[37] **jemanden trösten:** eine traurige Person wieder glücklich machen
[38] **die Rente:** Dieses Geld bekommen alte Menschen. Sie arbeiten nicht mehr.
[39] **die Pfandflasche:** Diese Flasche kann man leer in einem Geschäft abgeben. Dann bekommt man Geld.
[40] **in der Nähe:** nicht weit

Die Freunde gehen die Warschauer Straße weiter bis zu einer großen Kreuzung. Dort beginnt eine Mauer, die East Side Gallery.

Minh erklärt: „Hier, an der Straße, sind die Bilder. Auf der anderen Seite[41] ist die Spree[42]. Da ist es auch schön. Wir können an der Straße hingehen und später am Fluss zurückgehen."

Er war schon ein paar Mal hier.

Nach ein paar Metern sagt Aline: „Das erste Bild hat mir gut gefallen. Es war ein bisschen wie ein Traum[43]. Aber einige Bilder sind voller Graffitis! Man sieht sie fast nicht mehr."

● ● ●

[41] **die Seite:** links oder rechts
[42] **die Spree:** ein Fluss in Berlin
[43] **der Traum:** Diese Bilder sieht man beim Schlafen.

„Manche Leute machen die Graffitis immer wieder weg
und reparieren die Mauer und die Bilder. Andere Leute
sprayen immer wieder neue Graffitis darüber", erklärt Minh.
„Das ist ja blöd. Können sie ihre Graffitis nicht an einem
anderen Ort machen?", fragt Aline.
Sie versteht nicht, warum die Leute die Bilder kaputt
machen. Es gibt doch so viele graue Mauern.
„Aber ein paar von den Graffitis sind echt gut. Ich glaube,
sie wollen damit auch fragen: ‚Wem gehört die Stadt?
Künstler dürfen hier malen und ich nicht?' Und ihre
Antwort ist dann: ‚Doch!'", erklärt Minh.
„Ja, das verstehe ich", sagt Abdiqani. Und dann: „Sieh mal,
da steht: ‚Mieten⁴⁴ runter!' Und dort: ‚Alles für alle und
zwar umsonst⁴⁵!' Ich glaube, ich will hier auch etwas malen
oder schreiben."
„Was? Abdiqani? Du? Das passt ja gar nicht zu dir!" Aline
muss lachen. In Gedanken⁴⁶ sieht sie Abdiqani in der Nacht
mit einer Spraydose an der East Side Gallery.
Abdiqani versteht nicht, warum das lustig ist.
„Sei mir nicht böse!", sagt Aline. Sie muss noch immer
lachen und legt den Arm um Abdiqani.

Nach etwas über einem Kilometer endet die Mauer. Die vier
Freunde gehen auf die andere Seite und gehen am Fluss
zurück. Die Lichter von der Stadt spiegeln sich im Wasser.
„Jetzt haben wir gar keine Lichtinstallation mehr gesehen",
sagt Sibel. „Vielleicht gibt es hier in der Nähe noch eine.

● ● ●

⁴⁴ **die Miete**: Dieses Geld muss man jeden Monat für die Wohnung
   bezahlen.
⁴⁵ **umsonst:** hier: kostenlos; gratis
⁴⁶ **der Gedanke:** was man denkt

Wie spät ist es denn?"
Aline sieht auf ihr Handy. „Fast elf Uhr."
„Was? Es ist schon fast elf?" Abdiqani kann es nicht
glauben. „Unsere S-Bahn fährt um 23:13 Uhr! Lauft!"
Die vier Freunde laufen bis zum Ende von der Mauer, dann 5
über die Kreuzung und zurück auf die Warschauer Straße.

„23:00 Uhr! Los!", ruft Sibel. Sie ist sehr schnell.
Aline ist ein bisschen langsam. „Ich kann nicht so schnell!
Wartet bitte!" Sie drückt ihre Hand auf ihren Bauch.
„Atmen![47]", ruft Sibel. „Nicht *ein*atmen! Richtig *aus*atmen! 10
So, und jetzt weiter!"

Sie laufen zur Brücke. Dort ist es noch immer sehr voll. Sie
können nicht mehr so schnell laufen. Überall stehen und
gehen Leute.
„23:10 Uhr! Wir sind zu spät!", keucht[48] Aline. 15
„Du sollst nicht sprechen, du sollst laufen und atmen!",
ruft Sibel.

„Hier!", ruft Sibel auf einmal und läuft nach rechts.
Die anderen laufen hinter ihr her und zu den Gleisen. Da
steht die S-Bahn! Sie laufen noch ein bisschen schneller. 20
Aber dann schließen die Türen. Sibel kann die Bahn gerade
noch von außen mit der Hand berühren[49]. Aber die Türen
sind zu. Dann fährt die Bahn los.
„Nein!", ruft Sibel.

●●●

[47] **atmen:** durch die Nase oder durch den Mund Luft holen; Man kann
   *ein*atmen und *aus*atmen.
[48] **keuchen:** schwer atmen und dabei sprechen
[49] **etwas berühren:** zum Beispiel mit der Hand Kontakt zu etwas haben

Du bist dran!

A Ergänze die Wörter.

1. Die Party ist auf der Warschauer __ __ __ __ __ __.
2. Ein Mann macht ein Video und spricht in eine

   __ __ __ __ __ __.
3. Die vier Freunde essen __ __ __ __ __ __.
4. Eine Frau sucht auf der Brücke __ __ __ __ __ __ __ __.
5. Die East Side Gallery ist eine __ __ __ __ __ mit Bildern.
6. Viele Leute sprayen __ __ __ __ __ __ __ __ __ an die East
   Side Gallery.
7. Die Spree ist ein __ __ __ __ __.
8. Am Ende verpassen die Freunde die S-__ __ __ __.

B Richtig (R) oder falsch (F)? Kreuze an.

	R	F
1. Auf der Brücke sind nur wenige Leute.	◯	◯
2. Eine alte Frau sucht Flaschen. Sie hat wenig Geld. Deshalb ist Aline traurig.	◯	◯
3. Von der Warschauer Straße kann man zu Fuß zur East Side Gallery gehen.	◯	◯
4. Manche Bilder sieht man nicht mehr. Da sind jetzt Graffitis.	◯	◯
5. Minh und Abdiqani finden die Graffitis gut.	◯	◯
6. Manche Graffitis sind politisch.	◯	◯
7. Aline ist zuerst an der S-Bahn.	◯	◯

Lösungen: **A:** 1. Brücke, 2. Kamera, 3. Pommes, 4. Flaschen, 5. Mauer, 6. Graffitis, 7. Fluss, 8. Bahn. **B:** 1. F, 2. R, 3. R, 4. R, 5. R, 6. R, 7. F

frieren

der Pappbecher

das Hochhau

Kapitel 4

das Kleingeld

die Jogginghose

der Rucksack

das Laptop

die türkische Teekanne

„Hallo! Kommt rein!"

Es dauert ein bisschen, bis die Freunde wieder ruhig atmen und sprechen können.

„Meine Eltern …", keucht Abdiqani.

„Was machen wir denn jetzt?", fragt Aline, die Hand noch immer am Bauch.

„Wartet mal …", sagt Sibel. „Ich weiß, was wir machen. Ich habe einen Onkel in Neukölln. Bei ihm können wir bestimmt ein paar Stunden bleiben."

Ein kalter Wind geht durch die S-Bahn-Station. Eben war den Freunden noch warm vom Laufen. Jetzt frieren sie.

„Das ist eine gute Idee. Hier möchte ich nicht bleiben", sagt Abdiqani und holt einen Schal aus seinem Rucksack.

Sibel sucht die Telefonnummer von ihrem Onkel in ihrem Handy. Die Freunde hören ein Klingeln[50] und dann: „Hallo? Hallo, Abi! Hör mal, ich bin mit ein paar Freunden an der *Warschauer Straße* … Ja, hör zu, ich erzähle es dir. Wir haben die Bahn verpasst[51] … Ja, ich weiß … Ja, ich weiß, Abi … Ja, cool. Aber noch etwas: Wir dürfen nicht schlafen. Wir machen die Nacht durch. Wir sind ganz ruhig … Ah, okay … Ja, super! … Ja! Danke, Abi!" Sibel legt auf.

„Und?", fragt Minh. „Was sagt Abi?"

Sibel lacht. „Er heißt doch nicht *Abi*! Er heißt *Enver*. Er ist für mich wie ein großer Bruder. Deshalb sage ich Abi zu ihm. Das ist Türkisch."

● ● ●

[50] **klingeln:** den Ton von einem Telefon machen
[51] **etwas verpassen:** zu spät sein für etwas

„Okay, also, was sagt Enver?"

„Na, wir können kommen. Das ist doch klar. Er bleibt mit
uns wach. Er ist gerade von der Arbeit gekommen und
kann jetzt sowieso noch nicht schlafen."

5 „Welche Bahn nehmen wir?", fragt Aline.

Abdiqani sucht in seinem Handy. „Die S75 und wir steigen
am *Ostkreuz* um."

Am *Ostkreuz* ist es kalt. Die vier Jugendlichen steigen aus.
Es ist schon fast 24 Uhr.

10 „Hey, habt ihr ein bisschen Kleingeld?" Auf dem Boden
sitzen zwei junge Leute, ein Junge und ein Mädchen. Sie
sind ein bisschen älter als die vier Freunde. Vor ihnen liegt
ein großer, grauer Hund.

„Ihr habt bestimmt auch nicht viel Geld. Aber habt ihr

15 vielleicht etwas für uns?", sagt das Mädchen und hält einen
Pappbecher hoch. Die vier Freunde suchen in ihren Taschen.
Jeder von ihnen legt etwas in den Pappbecher.

„Super, danke euch!", sagt das Mädchen.

Die vier gehen weiter zu ihrem Gleis.
„Wie kann das sein?", fragt Abdiqani. „Sie sind so jung und leben auf der Straße."
„Das kann ganz schnell passieren. Das glaubt man gar nicht. Da gibt es einen alten Film. Er heißt ‚Engel und Joe' ...", antwortet Aline.
Sie will noch mehr über den Film erzählen, aber da kommt die S-Bahn und sie steigen ein.

Enver wohnt in einem Hochhaus im zwölften Stock[52]. Zum Glück gibt es einen Aufzug[53].
„Hallo! Kommt rein! Warum habt ihr denn den Zug verpasst?", sagt Sibels Onkel.
Enver hat kurze, schwarze Haare und trägt eine Jogginghose. Er ist klein, aber er hat genauso viel Energie[54] wie Sibel. Er ist vielleicht 23 oder 24 Jahre alt.
„Auf der Brücke waren zu viele Leute. Wir konnten nicht schnell laufen. Es war zu voll", erklärt Sibel.
„Warum seid ihr nicht früher zu der Station gegangen?"
„Darum[55]! Abi, jetzt frag nicht so viel." Sibel möchte jetzt nicht auf Fragen antworten.
„Na gut. Jetzt seid ihr hier und ich freue mich. Ich mache Tee für uns. Habt ihr schon eure Eltern angerufen?"
Die vier schütteln die Köpfe[56].

● ● ●

[52] **der Stock:** hier: die Etage in einem Haus
[53] **der Aufzug:** Damit fährt man in einem Hochhaus von unten nach oben oder von oben nach unten.
[54] **die Energie:** die Kraft; die Stärke
[55] **„Darum!":** deshalb; eine Antwort auf die Frage „Warum?", wenn man nicht antworten möchte
[56] **den Kopf schütteln:** den Kopf nach links und rechts bewegen und damit Nein sagen

„Sagt ihnen, ihr seid bei Enver Taş. Aber sagt nicht, ich
wohne in Neukölln. Sie sollen keine Angst haben." Enver
lacht. „Viele Leute haben Angst vor Neukölln in der Nacht."

In der Küche steht eine türkische Teekanne auf dem Herd.
Unten, in dem großen Teil, kocht das Wasser. Oben, in dem
kleinen Teil, ist sehr starker Tee. Man nimmt aus beiden
Teilen etwas.

„Ihr wollt nicht schlafen, oder?", fragt Enver.
Die vier Freunde schütteln wieder die Köpfe.
„Dann lasst uns etwas spielen. So werden wir nicht müde",
sagt Enver. „Ich habe aber nur Karten. Kennt ihr Batak?"
„Ja, klar", sagt Sibel.
Aber die anderen kennen das Spiel nicht.
„Okay, ich erkläre euch das Spiel. Und dann spielt Sibel mit
Abdiqani zusammen und ich spiele mit Aline und Minh.

Später spielen alle gegen alle. Aber man kann Batak nur
mir drei oder vier Leuten spielen. Einer muss immer Pause
machen."

So wird es ein Uhr. Dann wird es zwei Uhr. Durch den Tee
bleibe die Freunde wach. Um drei Uhr haben sie genug   5
Batak gespielt. Sie gehen ins Wohnzimmer und sehen fern.
Aber nachts um drei Uhr kommen keine guten Filme.
Enver holt sein Laptop ins Wohnzimmer. Sie sehen
Musikvideos.
„Aline, nicht schlafen!", sagt Sibel. „Du brauchst ein   10
schnelles Lied." Sie macht ein neues Video an.

„Wann kommt der erste Zug?", fragt Aline. Ihre Augen sind
ganz klein und sie spricht langsam. Sie ist sehr müde.
Abdiqani hat schon den ersten Zug auf seinem Handy
gesucht: „Um Viertel vor fünf an der Station *Ostkreuz*. Wir   15
müssen hier um halb fünf los."

Enver bringt die vier Freunde zur S-Bahn-Station *Neukölln*.
Auch er ist jetzt müde. Draußen ist es kalt und dunkel. Von
der Kälte[57] werden die Freunde wieder ein bisschen wach.
„Es war lustig mit euch. Kommt mich mal wieder besuchen",   20
sagt Enver zum Schluss.
Dann steigen die vier Freunde in die S-Bahn.

●●●
[57] **die Kälte:** kalte Temperatur

Du bist dran!

Aline schreibt ihrer Mutter. Ergänze die Nachrichten.

> Hund • Onkel • Zug • Tee • Kleingeld • Karten • S-Bahn

Hallo Mama! Sei mir nicht böse, aber wir haben gerade die _____ (1) verpasst. 🙄 Das heißt, wir können den letzten _____ (2) nicht nehmen und müssen heute Nacht in Berlin bleiben. Aber keine Angst: Wir sind bei Sibels _____ (3) Enver. Wir trinken gleich _____ (4) und spielen _____ (5). 👍

Hallo mein Schatz! Bleibt ihr die ganze Nacht dort? Nicht draußen in Berlin rumlaufen! Hörst du?

Nein, Mama, es ist viel zu kalt draußen. Aber weißt du was? An der S-Bahn-Station hat uns ein Mädchen nach _____ (6) gefragt. Sie war da mit ihrem Freund und einem _____ (7). Nachts, in der Kälte. 😰

Das ist schlimm. Komm morgen gut nach Hause! 😍

die Richtung

flüstern

gähnen

Kapitel 5

der Himmel

der Daumen

der Zeigefinger

sich umarmen

das Gesicht

„Das war eine coole Nacht!"

In der S-Bahn sitzen schon Leute. Ein paar fahren zur
Arbeit. Die Gesichter sind müde und blass[58]. Die Leute
sehen aus den Fenstern oder auf ihre Handys. Keiner
spricht.
„Hier ist es zu ruhig", flüstert Sibel. „Davon werde ich
müde." Sie hält ihre Augen mit Zeigefinger und Daumen
auf und sieht die Freunde an. „Könnt ihr nicht irgendetwas
erzählen?", fragt sie.

„Ich wollte sowieso[59] mit dir über etwas sprechen", sagt
Minh.

[58] **blass:** hell im Gesicht
[59] **sowieso:** auf jeden Fall; egal wie

Sibel hält noch immer ihre Augen auf und sieht nun zu Minh.

Er sagt: „Nächstes Jahr nach der Schule, wollen wir da nicht zusammen in einer WG wohnen?"

Sibel nimmt ihre Hände von den Augen. „Ja, warum nicht? Schöne Idee. Du bist bestimmt ein super Mitbewohner."

„Ich glaube auch, das passt gut. Und dann ziehen wir nach Friedrichshain."

„Ja, wir suchen zuerst in Friedrichshain. Und wir können auch noch andere Leute fragen. Oder im Internet nach Mitbewohnern suchen", sagt Sibel.

„Eine Sechser-WG ist bestimmt gut", sagt Minh.

Beide sehen sehr glücklich aus.

An der Station *Ostkreuz* steigen die Freunde in den Zug nach Brandenburg. Wieder eine Stunde Fahrt. Draußen ist es noch immer dunkel. Nur wenige andere Leute sind im Zug. Die Freunde werden sehr müde. Sie haben kalte Hände und Füße. Sie müssen immer wieder gähnen. Nicht einmal Sibel spricht. Diese Stunde dauert sehr lange.

Um sechs Uhr kommt der Zug in Brandenburg an. Die vier Freunde steigen aus. Jetzt hilft auch die kalte Luft nicht mehr gegen die Müdigkeit[60]. Die ersten Vögel singen. Es ist noch dunkel, aber im Osten wird der Himmel schon ein bisschen hell.

„Das ist wie in diesem Lied von Peter Fox", sagt Minh. Er singt: „Während ich durch die Straßen laufe, wird langsam Schwarz zu Blau ..."

●●●

[60] **die Müdigkeit:** wenn man müde ist

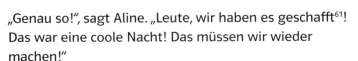

„Genau so!", sagt Aline. „Leute, wir haben es geschafft[61]!
Das war eine coole Nacht! Das müssen wir wieder
machen!"
„Aber nicht so bald", sagt Abdiqani. „Ich kann jetzt nur ans
Schlafen denken."
„Ich werde jetzt erst mal etwas essen", sagt Sibel.

Die Freunde umarmen sich. Sie wissen: Auf jeden von ihnen
wartet zu Hause ein warmes Bett und vielleicht ein
Frühstück mit der Familie.
Sie gehen in vier verschiedene Richtungen nach Hause. Die
Straßen sind noch ganz leer[62].

---

[61] **etwas schaffen**: etwas machen, auch wenn es schwierig ist
[62] **leer**: hier: Niemand ist auf der Straße.

Du bist dran!

A Was ist richtig? Kreuze an.

1. Ein paar Leute in der S-Bahn fahren ⃝ nach Hause ⃝ zur Arbeit.
2. In der S-Bahn und im Zug ist es ⃝ laut ⃝ ruhig.
3. Die vier Freunde sind ⃝ müde ⃝ wach.
4. Sibel ⃝ flüstert ⃝ ruft in der S-Bahn.
5. Minh fragt Sibel: „Willst du mit mir zusammen ⃝ eine Ausbildung machen ⃝ in einer WG wohnen?"
6. Sibel möchte in ⃝ Neukölln ⃝ Friedrichshain wohnen.
7. In Brandenburg hören die vier Freunde ⃝ Vögel ⃝ Hunde.
8. Es wird langsam ⃝ hell ⃝ dunkel.
9. Am Ende ⃝ geben sich die Freunde die Hand ⃝ umarmen sich die Freunde.

B Wer macht das? Ergänze die Namen.

1. _____ denkt an ein Lied.
2. _____ findet, die Nacht war sehr schön.
3. _____ möchte nur nach Hause und schlafen.
4. _____ hat Hunger.

Wohnen in Berlin